LE RHONE.

ODE,

PAR ALBONI.

Prix : un franc.

NISMES,

VEUVE GAUDE, IMPRIMEUR.

1839.

LE RHONE.

ODE.

Savante, érudition ; orne ici ? mon astrée.
       La muse de Memnora ?
Roule flots diris ? la brillante ; épopée ,
Je veux peindre , en attour ? le festin du Birma.
Toi ; brillante Venus ; guide ici ? mon ôtage ?
La pliciade , du ciel ; ne brille , le rivage ,
Qu'au , Liban de l'aurore ; à l'onde, de Nisis ?
Doux festin , dore mon or ? de mirthe , d'ambre ;
       Vastes rives Dittambre?
Pour parer de soleils ; tes châteaux ; de rubis ?

Liris ; croise les airs ? la voile , du cidaspe.
       Brille ; la voiture ; retint.
Deux fois , l'arc de Belus ? je passe ; sur le jaspe ?
Car je scissionne d'or ; la parade y survint :
Quand j'en eu retrouvé ; la galante peinture ?
Gilicieuses clartés , fraîche, froide parure ;
Combien dirs , de paro ; offre-tu , en émail ,
Pour dire désostrix ; la campagne suprême.
       Je cite ; la cour Disenne ?
Le Celnire brillera ; dore ton gouvernail ?

Elle fuit, ce paroi. La mollesse divine.
   La nuit évase, son élan ;
  Quel est donc ce rocher ; cette cité sabine ?
Je passe ; le philis ; car laustere ; toscan.
Le soudan ; du nocher ; appelait ; la silade ?
On endosse en amont ; la silenne plus fade ?
Alors au mille bruits ; radoube son irinx.
Je biscaye francisain ; la haute sibille.
   Ma muse ; toi équille ?
Comme, ah ! non ; je me tûs ; je lisais ? le Sphinx.

Sombre parcinoda ; orne encore ; ma gloire.
   Le soleil ; suit de son brillant ;
Ah ! non, je n'ose haut, pradon, te croire.
Son ombre ; on passe telle ; en attour reflettant ;
Pendant que je disais ; on élève, lamarre :
L'esquif fend encore ses flots ; du Tartare ;
Je reçus le diamant d'Eurinof ; ah ! oui.
Quel est ce faux penser ; cette rancune ?
   Point de soleil ; je vis la lune ;
Reluire en ornement ; le modeste biscuit ?

Jamais le mausolée ; de peinture ; superbe ;
   Ne prônera, d'autres ébats.
J'ai su ; la tour de Londres, celle de Minerve ?
Et puisse le soleure, ce tyran des soldats ;
En deux fois opposer plus d'accord, à ma peine ;
Rive de ma foi ; rive ? cour ? souveraine ?
Nous fûmes en table ; d'hôte remorqué ; de surcroît,
Quand vint à ma façon ; la carte dyppomande ;
   Je me passe du pandhe :
Pour ravir de l'écho ; mon caustique ; hivernoit.

Où sont, donc ces foyers ; ces habitations ? sombres ?
   Le soleil, nous revint vermeil.
La nuit bat le titan ; efface de ses ombres ;
Trop de vacation, de lieu, oh dieu ; pareil.
Que ma voix tonne, au froid ciram, d'Euside ?

Enfin ; je vis le ciel ; la cour, la propentive ;
Ah ! de même ? en écusson d'or ; je trahis.
L'espoir flagrant , de me souscrire encore ?
      Dis ma muse ; quand l'aurore.
En émail; balancé argente ; le zenit.

Alors par le titan , lavalanche subite ;
      Ah ! oui me prévalu ,
Je ne dis ; qu'au hagard ? la loi ; samnitte ?
Parce que ; je passe lor ; du malin ; roc? perdu?
Oh ! que de fois ; je songe , en averse ?
Ah ! ciel combien de fois ; de grosse; en sterse.
Ah ! oui on ne vit pas , du bord ; ou du tribord?
Telle fois ; qu'en ilan ? je commère ? la chose.
      Rime , ou methemsichose ?
Combien de gros sermons ; entend dis ; tu au port.

Le céleste voisin , me prévint davarie.
      Oh ; ciel porte ton or !
Que sais-je , si l'éclat , en quareille ; arie ?
Ou si , c'est le volcan ; qui nous orne ; en trésor.
Je tu mon pourparler , de facétieux empire ?
Lorsque chacun se remira ; alors en rire ?
Je narre ici , la chose ; demain ? je la fuirai ?
Où sont nos soldats turcs ; ah ! me dis-je.
      Nous sommes ; en pierre cise ?
Sur le fond ; du Ciram ? du Pira ? Beaujolais ?

Oui Lappadour ruisselant ; nous étamine ;
      Ah! ciel ; soit? ton ? ilor; ou mon frac.
Quel ; est , ce tirolien ; à élégante mine ;
Je perrorais de joie ; au trissin; du tillac ?
Chaque héros , porte en haute , huquelande ;
L'un le trio , dur ; l'autre celui , durande ;
Ah ! oui à qui mieux mieux, savoir qui l'apprendra;
De même on élevait; en alcade , chérie ?
      Le toast ; de la folie ?
Mais , le plus fort des autres ; décolait ; langola.

Douce , emmanation ; lichorique ; mellasse ?
      Quels sont tes clavessins ;
Le trio , recommence ; ah ! ma lyre , se lasse.
Que dis-je, le portrait ; ou l'air ; des citadins ?
N'omit , rien de la plaisante ; indimene ?
Ah ! Rhône ! tes côteaux ; je passe la thebaine :
La Saône , sur ces bords ; étale en lichoris ?
L'azur , l'or , l'éméraude, le lin du Tharse ?
      A ma façon de marse ,
Me répette l'écho ; on prônait ces récits.

Que litter ; du tanger ? écarte son osline.
      Ou que l'or , du langlais ?
En iman ; mençant ; envahir ? ma cirine ?
Ah ! oui je dois ; convaincre ? récite en rabelais ?
Le plus sombre , cirien ; de la douce mêlée.
Froide orision ? le vent ; du sud ? Borée ?
En écarlatte encore; ne ride ; le birmien ?
Qu'à travers ; mille craintes? alors on s'effarouche ?
      Le quadrille brillant; plus louche ?
Cidaspe rit toujours ; fait voile en citadin.

Que liman du milord , raconte la méprise ;
      Alors la soralde y sera.
Je voue mon Chalumeau au toast diphise ?
Pour plaire à l'Amérique , au Bengola.
Je noue , je renoue le sermon d'Anicroche ?
Jamais plus de villiams ? la lice ? m'y carosse ?
On appelle le monde le soleil disodan ?
Qu'il me soit, de veiller à la synode ?
      Ah ! j'aime ce trio , la mode
En factieux , du milord ; je parre mon turban.

Maussade facétieux ; ou gothique vitrage ?
      Toi sombre, parthénien; du jour ,
Rends ordre à mon avoir ? que ton hommage ?
En éclat , brillant d'or ; rehausse dappadour :
Et le trait menaçant de la gloire nouvelle ?

Et le siècle vaillant du solimne rebelle ?
Alors ; ton ôtage luira, le soleil dirs.
Ais , en toi cet appodeme du cinisme ?
   Bannit ; ton or ; ton schisme ?
Et chante ; comme moi : le festin , les plaisirs.

Malicieux : ornement ; de courage , de feinte.
   Quel est donc ton iloi ?
Ah ! Ah ! puis ; le trio ? en haute ; loi éteinte ?
Nous fit entendre le doux refrain siamoi ,
L'harmonie ; le prônait , l'air de Semirande ?
En attrait feint , du ciel bordait son irs dirmande ,
Le coche au mille fleuve ; deborda le *Pluton*..
Tout y fut merveilleux , de miroirs ? d'Euriphène ?
   Le zeldre , le grec , l'indumene ?
Tonnèrent ; en attrayant ; le récit d'Euphémon ?

L'arme ; de Thisopha ; changea ? ses ippodastre ?
   Memnoris ; devint , facétieux ?
On ne vit que la furie ; sur le zoroastre ?
En attrait ; de fiction ? éclipser ses aïeux.
Ah ! non jamais ; le trio ; bulgarre ; terrible ?
En attendor , sublime , patent , rascible ?
Ne voua plus , d'à-propos , d'agreste complaisant ?
Permet , froide Thésis , que je prône Lacharre ?
   L'ombre ; du docien ; bizarre ?
Au Patocle , parfait ; du juriste ; éloquent ?

Jamais , le phorendem ; de l'antique Ausonie,
   Ah ! oui ; ne reparaîtra ; divin.
Tant , que du turnus ? la coupable ; Orixie ?
En attrait ; de terreur , ornera , le destin ?
Ah ! oui toi ; sombre peroelitien ; sublime ?
Orne , ici ce décors ; la flutte l'anime ?
L'orgue de Théramène , enchanta ? nos forfaits ?
Nous eûmes ; des philadors ; du Bengale ,
   Ma lyre triomphale
Se mêla en attour ; au chant des doux projets.

Déjà ; nous voguions en austère plaisance.

      L'amour, y Bornéose alors ?

Nous avions ; en rôti ? sur le tillac ? de France ?

Et la tranche dorée ; et le mic mac ; des lords ?

On apporte en lambris ? le débat ; dippomène.

Basse capitulation ? tu le rammenne ?

On invente à la nôce ? le sujet ? délicieux ?

Ah ! ce fut là ? le quatuor ; du prémice ?

      Lorgue du fabrice ?

Ornera , du festin ; le caprice sérieux.

Que d'être ; en une nuit ; apprirent à m'enfeindre ?

      Je nouais ; le tillac ?

Oh ! lorsque du cordeau ? la toile ; du Ceimbre ?

En brillant ; menace ? moffusque ; de Jarnac ?

Je tus les pendarions ? de la haute prêtresse.

Ah ! oui jamais ; tu ne sauras ; l'allégresse ?

Dont l'hôte de cuisine ; entonna, au Liban.

C'était ; la fiction ; du sombre, Euratise ?

      Toi ; vaillante Uranise !

D'où viennent ? tes foyers ; ton ordre ? de soudan.

L'aurore en éclat ; d'or lustra le monde.

      L'or roula , de diamant.

L'obélisce fécond , navigea , sur l'onde ?

En vaisseaux d'appadour ; le suprême , finland ?

Ah ! toi savant Orsa , quelle est donc ta fortune :

Le pôle en lustre égaux , proche la hune ?

Nous reverse , d'extase ? on triborde ; de voix ?

Hé , soit là, votre essai ; du faubourg ; d'Ithaque ;

      La palme d'Andromaque ?

En aurait, démenti , la fiction de ses lois.

A Nemoris , je cède à ton stratagême ?

      Mille échos perdus ?

En élan cadencés , en iman d'induction ; lelne ?

Ah ! oui pour son avoir ; ou ses Seïdes ; confus ?

En aurait , reporté , lavalanche , suspecte ?

Où sont, nos pennafiels ? un anachorette ?
Me prôna du Jura ; le mausolée trop tard ?
Ce fut dit, pour nous, émettre ; en besogne ?
      Oui Lattour, par son dogme ?
Me prorogea, du soir, le sublime Ronsard.

Elevée, tourelle ? éractionné ? de rêne ?
      On était ; alors à Givors ?
Deux fois, la cour en attrait ? à ma carene ?
Où vont tes faux pensers ? de beaux décords !
En parure du ciel ; s'étalent en hommage ?
Chacun ; le revit ? ce soliste du sage ?
On évite ; en espoir ? de suivre le retour ?
Je dis ? du brillant, d'or ? du ciel d'Aline.
      Quand la haute cime ?
Reçoit ; du jour divin : le soleil d'alentour ?

Je monte sur, sur le pont ; en malice tonnante ?
      Je narre, vrai lecteur :
Pour te plaire ; en attrait ; ma muse ? complaisante ?
Te vaudra ; en ilor au jour ; de ton : franc cœur.
Qu'il me soit ; pour toi ; de veiller ; la campagne ?
Rit de ; mon hutin ? regarde ? vers l'Espagne ?
S'il te vaut, en or ? de suivre ; mon liban.
Je ne songe, que vous ? haut monarque ?
      Passage d'Aristarque ?
Évite ; mon revers ? ceingle ? le trait persan ?

Muse : arrête ; toi disloque ? la matonne ?
      Le Cid, en gourmanda.
On essaie ; en ilor ; de prôner ; de Sorbonne ?
Ah ! oui le trait ; trop falacieux ; ah ! ah ! oh ! sira !
De toute ; la façon ; je ne dis ? que la lice.
Hé ? ouais : la patente, loi ? de lobélisce ?
En alsacien, captieux ; me prône, le philis ?
Quel ; est donc cuila ; qui me passe ? du signe :
      Ma muse ; point de clinclisme ?
Arrive du festin ; qui en trogne ; à Paris.

Le ciel ; est en son iris ; le brillant ; diphale ?
      En attrait , dorision , ravit.
L'or règne aux mille flammes ? d'Euridiale ;
On distingue au lointain le sublime orlendit.
C'est ; l'age du Siram ; qui opte ; la façade ?
Deux fois ; je passe le Toscan ; nomade ?
Le marin ; on le carêne , éleva ma fiction.
Oh ! oh ! quel est , ce triston , du Ténare ?
      Je crus , au noir dismarre ?
Lorsque , on débarqua ; pour changer d'ambition ?

Le novatien charmant ; aimanta ? le silore ?
      On ; ne vit que léronus.
Que de voix , élevée ; au titan ? de lamore ?
On découvre ; en illon ; le sombre Artenoüs :
L'or ; au mille éclat , ravit la Cisannie ?
On en aurait eu ; pour la haute ; Cisie ?
Ah ! oui que d'être , tel que ce haut ; Damocien ?
Hé bien ! voyons , à la tour , duradole ?
      Le trait ; du froid ; Eole :
En iman , courroucé ; enhile notre ilvien.

Sable , ton attour ; ne rompt point ; notre marche ;
      Le Rhône ; en mille écueils ; fuit.
On répète à Niza ; que là ? où son arche ?
Arrive ; en aribond : d'autres erreurs ; ou circuit ?
Menace ; alors le nautonnier de peine ?
Ah ! ciel où est donc ce bilan Darismène ?
On évase , à grands traits ; ce riborin fat
Je ne sais la pointille ? du doux Sarmathe ?
      La voiture ; roule apte ?
De même ; en écusson ; le tribord areostad ?

Oh ! nuit de tes faveurs ; comble encore ; la terre.
      La chaleur nous ravit ; le temps ?
En alonzo ; félond ? corille en haute ; serre ?
Je ne peux , plus voir ? le soliste ; brillant ?
Bientôt d'autres éclats ; de fureur courroucée.

En égard , au logis mattire , du Borée ?
Lorsque ; au fécond art ; je vécu ce duo ?
Hé bien soit ? la nôtre , amiral ? de bataille !
Rancune ; de muraille ?
S'il te sied , francisain ; de venir au prado ?

Zouave argeante ; titire ton envie ;
Le trait flagrant ; me convint.
Je verrais , la froide irsa ? du zombe ? dornie ?
Hé bien soit ! encore ! ce régent ; du sirinx !
J'appelle , ainsi le tac ; de la douce voile ?
Le navire , optera souvent ; d'or d'étoile ?
Je récite quand même , il n'y en avait pas.
Ah ! soit ton attour ; d'y voir , d'y croire ?
Qu'est-ce que le crimoire :
Le propos du factieux ? ou le sac ; des soldats ?

Oh ! monde tes faveurs ? despotiques ? ou battues ?
Non ; ne nous voudrons plus ?
Quel est ce viliam turc ; dont les froides issues ?
En abord menaçant ; menace à vos dessus:
Comment ; quel est ce ciel ; le bateau d'Ulisse ?
Je reçus du tribord ? plus de sillem ; propice ,
Que de jour ; on compta ; pour nous ouïr ?
Ah ! ah ! voici ? le pillastrien ; du palmire ?
On rabattit ; du sire ?
Non , le dorien , des eaux , mais l'or ; du fol émir !

Pallissades , tes lois ! d'où viennent ces persannes :
Je ne prône que le soir ?
Ah ! ah ! doux espoir ; de plaire en toi. St james ?
Oh ! oh ! nous y voilà ? je perce , du savoir ?
Et le trait ravire , et la douce cirine ?
Je ris du trait ; divin de la belle Rosine ?
Son ame , telle en blonde ; rehausse de propos.
Quelle fut ma demeure , en finale jactance !
Je passe , je crus , je pense ?
Que le pont du tillac reprendrait ces bravos.

C'est pour vous , belle Ora , que je pose ma lyre ?
      Je préfère la cour du csar ;
Celle du Mogol , la siriennne d'Épire.
Ah ! non , je veux dire le trait de notre hussard :
Le premier rit de tous : la chose comprise
Aurait en pompe le trait du haut Soubise.
Où sont donc nos héros du zombe, issodan ?
Personne ne rit plus , en attrait la merveille .
      Quand muse sommeille ,
Tout le monde le su , hormis le turc pisam ?

Que ma loi courroucée ne te guide de force.
      Où vont tes haut tournois ?
Je voulus le savoir de gré , de haute force ;
Mais personne au désir ne sut retrouver mes droits :
Oh ! oh! toi facétieux qui voiture et me coute.
Beau nisien hé soit pour toi; toute la déroute ;
On élève , alors en clavessin insçu ,
Que c'était le trait du Tharse , du Carsle ;
      Je voue le trio d'Arle ,
Pour plaire à mes foyers le nubique reçu.

Muse reprend tes lois : la douce mélicerte ;
      On éprouve au hameau
Le trait du cidaspien , la haute sombre , alerte
Ne te vaudrait en or que le doux Longumeau :
Ah ! fouet de tes aborts surprend ma valise ?
On me prône au bastion de Coratise ?
Et jamais en carosse ; lorsqu'à clermon.
Je pare mon tillac du viel or ; d'Euribanthe ?
      La cour me le rubante ?
Ma muse rit toujours gouverne l'échanson.

Pendant que le vermeil lustra la milice
      Nous autres en fat milicien
Nous étions à diner , au quatrain du service.
On revit du soleil les marques de l'airain ;
La cloche ne sonna l'heure duratyle ?

Qu'au terme de nos chanteurs de haute ville.
Oh ! surtout en harmonie, du sirador.
C'est bien peu de nous , enhiler du jus darse ?
　　　La paie moins éparse
Soumi en quarillon deux éterses ; au luxor.

Ah ! ah ! nous voici au paroi dassylinde
　　　Lain du malicieux Jura ?
On passe le titan du céleste ceimbre.
Lorsque Néophis au gothique isopha
Suspendit en festin ; la Gironde de l'âtre ?
Douce vocalisation , la cantate du sacre ?
En Anteine , ah ! non ne récita ; jamais ?
Autant de pilastrion comme nous en eûmes.
　　　Ah ! ciel de la basse hune ;
On passe le sirodis du juriste écossais.

Toast délicieux , huquelande divine
　　　L'amarre ne devint falacieux ?
Que lorsque , notre esquif en paranchine ,
Opte, ou ridoya; le titan de ces lieux-
Ou l'art , ah ! non jamais , ne cessa de reluire !
Où sont nos hôtes du tillac de Bressuire ?
L'avarie ne nous plut point en ésquif ;
On passe au mille traits la sirodale ;
　　　La vague navigable ?
Ne nous laisse en dehors que le tac du Stix.

Combien de faux amer , si la proue délicate,
　　　Avait en choridon remorqué ?
Ah ! ah ! plus de passion ; de loix disparate ;
Notre siècle d'attour , de pourpre, de prôté ;
Non n'en aurait eu de plus aventurienne.
Vous qui me lirez; pharsale parisienne
Nous sommes au tac du sombre étambord
Où vont nos haut tournois du vaste pôle artique?
　　　La lune d'asiatique
Ne luit point l'onde ici , je parc mon abord.

J'ai su peindre le trait de la rouge silenne.
L'étendard du grand roi de Riom ;
Je narre, haut monarque, la muse souveraine ,.
Que ce guide à jamais orne mon palladium ,
Par ce trait demi feint, toi lecteur indocile ,
En éclat de bravos reporte cette idille :
C'est celle qu'il te faut au martolc du csar !
Hé ! soit pour nous , pour la haute nomande :
      Que lérix du ciel offrande ,
Au paroi du destin que va ceindre Lovar.

Essentielle oration, radoube mon elmire ;
      Non jamais je ne te bannirai :
France ton protée ; me protège d'empire ?
Que ce soit pour nos salons , ce distique narré.
Pâle Ancila , sublime antropophage ;
Oh ! quelle est donc cette tour , ce village ?
Nous côtoyâmes en marée le dogme des Appenins ;
Nous vécumes, du stiz, de Pekin , d'autre ambroisie
      La meilleure à mon envie :
Ah ! toi doux entendeur remorque tes festins.

Ulisse, le Sebastopol ; ancila , le Ténare ,
      Ronsvad , Laréonof ;.
Le Rutulien , la Sybille , le malin Bansvare ;
Corda , Menaris , Rodilla, Opis , Lurinof ;
Tous en cœur d'enfer omirent ma Langarve :
Jokenken , Zevdore , Karrus ; Jorra ; Léonarde ;
Lobar la plus belle de tous mes doux essais sut ;
Polistan , Lacharre , d'autres irsalines.
      Occupent sur les cimes
Le paroi des Antelles , au fronton d'Eloüs.

Vaisseau plus Valachien , aide à mon libelle ;
      On passe le pont neuf ;
Je compris en provence le doux air d'Isabelle ,
Lorsque aux mille traits. oh ! matin que de bœufs !
J'aperçus sur le pré de la blonde Celnire !

Oh! le troupeau était parqué delponvire ;
Tellement qu'en avoir j'aurai imaginé
Que c'était là le marché de la Catalane.
      Oh! rivage profane
J'aurai, par plus de fois, mieux revoir que rimé!

Que jorne fier, ora, le siram dindiminthe !
      Ah! non jamais plus dillon !
La parure divine, en attrait de Corinthe
Brille aux mille éclats en attour d'Euphémon :
Oh ! que de fois Lovar régnera en Ismare!
Le pôle me l'apprit du sombre dicharre :
La voûte au bruit d'Eurile remonte le festin;
Ah ! soit pour nous en prôner la conquête.
      Je passe , sur le ris de fette ;
Personne plus que moi ne pourra voir le frein,

Ah! je dis, pour la cour ce récit d'éméraude.
      J'appelle ainsi le sommeil;
Doux orphir de melicius hasarde ma mode:
Le quatrain du vainqueur au soliste pareil.
Déesse du matin, toi blonde Servilienne,
Où vont tes faux hagards , ta padotienne ,
S'il te vaut mon attour; te reverra au bal.
Ah ! non jamais plus de froides incartades!
      Les plus tendres ballades !
En orphir insomnieux ennuyaient Juvénal !

Pour plus de hauts pradons toi , douce rime ;
      Ah ! cède en tes clameurs !
Tu n'as vu que la cour , la jolie Nemosine ;
Et l'or de mille traits au soleil ravisseur :
Que de vieilles leçons avouent ma solimène!
Dis , redis , récite en or dindimène !
En attour de parure , le sublime milord.
He! soit là pour te prôner, mon arme :
      Folle ardeur , doux sarcarsme ,
Se virent , se prônèrent en revirant au bord.

Ah ! non toi Zémora, le rivage d'Alsace ?
   En ilandor précité, serein ?
Ne vaudra ton iman; je vois plus vain que glace;
En émail de rocroi, le superbe thébain :
La cour en fut charmée, grace à ma Selmire ;
Oh ! on eût dit par son tivors de Zelnire,
Que Médée ou Polibe en évasait le bond.
Ce n'était pourtant que sa réussite âpre.
   Ah ! ciel le soleil plus grisâtre !
Quitta l'or de Provence, et passe Lelespont.

Doux soudan ; tes beaux jours éteignent leur atome !
   Quel est ce doux Philis ?
Ah ! bien puisse ce dieu, cet être, ce haut dogme,
Par ses lois en vermeil nous porter en Iris.
Sublime palladium du sombre Éraste.
Que de fois tu nous vois; ah! je nomme le vaste;
C'est pourquai Jupiter, en attour m'entendit ;
Alors au bruit d'enfer, tonnèrent les locribes ;
   Le tyran des deux rives!
Alcana du désert se tournait en mépris.

C'est assez, Jupiter égaler ton tonnerre,
   Me répond, le zoram détruit:
On ose au malingrant en attrait de Cratere.
Sans perdre le toscin, répoudrer le fortuit :
Oh! oh ! toi Battavien; Zouavien Dildephonse.
Où sont les discoureurs, tes faux ors, de réponse?
Le trivton du Silap, n'en répéta de meilleur;
Ah ! ah ! voici la double erreur fanée,
   Non, Franccœur, ma tendre pensée;
C'est celle de revoir le paroi d'acheteur.

Assez froide Thémis la caratonne Daverne
   En émail vain, me baille en or;
Et le trait de mon goût, et l'arme de Mimnerme (1)

 (1) *Mimnerme*, tragédie de l'auteur, sujet hautain, suite à
six volumes.

Pour vous être en évasion, le Zelmire d'encor.
Soyons en nos manteaux, ma valise soudaine ;
En écart de la solution incertaine
Ah ! oui me presse plus que mon aiglis du soir.
Nous allâmes en douce retraite asiatique,
      Les uns au faubourg d'Amérique,
Et le plus grand désir au superbe dortoir.

         ALBONI, auteur.

www.ingramcontent.com/pod-product-compliance
Lightning Source LLC
Chambersburg PA
CBHW061531170626
46811CB00004B/1922